Franz Kafka

Dans la Colonie pénitentiaire

Texte et illustration de couverture : © domaine public
Edition : Culturea (Hérault, 34)
Contact : infos@culturea.fr
Retrouvez notre catalogue sur http://culturea.fr
Imprimé en Allemagne par Books on Demand
Design typographique : Derek Murphy
Layout : Reedsy (https://reedsy.com/)

Dépôt légal : janvier 2023

ISBN : 9791041914180

– C'est un appareil singulier, dit l'officier au chercheur qui se trouvait en voyage d'études.

Et il embrassa d'un regard empreint d'une certaine admiration cet appareil qu'il connaissait pourtant bien. Le voyageur semblait n'avoir donné suite que par politesse à l'invitation du commandant, qui l'avait convié à assister à l'exécution d'un soldat condamné pour indiscipline et offense à son supérieur. L'intérêt suscité par cette exécution n'était d'ailleurs sans doute pas très vif dans la colonie pénitentiaire. Du moins n'y avait-il là, dans ce vallon abrupt et sablonneux cerné de pentes dénudées, outre l'officier et le voyageur, que le condamné, un homme abruti et mafflu, cheveu hirsute et face à l'avenant, et un soldat tenant la lourde chaîne où aboutissaient les petites chaînes qui l'enserraient aux chevilles, aux poignets et au cou, et qui étaient encore reliées entre elles par d'autres chaînes. Au reste, le condamné avait un tel air de chien docile qu'apparemment on aurait pu le laisser librement divaguer sur ces pentes, quitte à le siffler au moment de passer à l'exécution.

Le voyageur ne se souciait guère de l'appareil et, derrière le dos du condamné, faisait les cent pas avec un désintérêt quasi manifeste, tandis que l'officier vaquait aux derniers préparatifs, tantôt se glissant dans les fondations de l'appareil, tantôt grimpant sur une échelle pour en examiner les superstructures. C'étaient là des tâches qu'en fait on aurait pu laisser à un mécanicien, mais l'officier s'en acquittait avec grand zèle, soit qu'il fût particulièrement partisan de cet appareil, soit que pour d'autres motifs l'on ne pût confier le travail à personne d'autre.

– Voilà, tout est paré ! s'écria-t-il enfin en descendant de l'échelle.

Il était exténué, respirait la bouche grande ouverte, et avait deux fins mouchoirs de dame coincés derrière le col de son uniforme.

— Ces uniformes sont quand même trop lourds pour les tropiques, dit le voyageur au lieu de s'enquérir de l'appareil comme l'officier s'y attendait.

— Certes, dit l'officier en lavant ses mains souillées d'huile et de graisse dans un seau d'eau disposé à cet effet, mais ils rappellent le pays ; nous ne voulons pas perdre le pays. Mais regardez donc cet appareil, ajouta-t-il aussitôt en s'essuyant dans un torchon les mains qu'il tendait en même temps vers l'appareil. Jusqu'à présent il fallait encore mettre la main à la pâte, mais désormais l'appareil travaille tout seul.

Le voyageur acquiesça de la tête et suivit l'officier. Soucieux de parer à tout incident, celui-ci dit alors :

— Il arrive naturellement que cela fonctionne mal ; j'espère bien que ce ne sera pas le cas aujourd'hui, mais enfin il ne faut pas l'exclure. C'est que l'appareil doit rester en service douze heures de suite. Mais même s'il y a des incidents, ils sont tout de même minimes et l'on y porte aussitôt remède. Vous ne voulez pas vous asseoir ?

En concluant par cette question, il dégagea l'une des chaises en rotin qui se trouvaient là en tas et l'offrit au voyageur ; celui-ci ne pouvait pas refuser. Il se retrouva dès lors assis au bord d'une fosse où il jeta un regard rapide. Elle n'était pas très profonde. D'un côté, la terre qu'on y avait prise faisait un tas en forme de rempart, de l'autre côté se dressait l'appareil.

— Je ne sais, dit l'officier, si le commandant vous a déjà expliqué l'appareil.

Le voyageur fit de la main un geste vague ; l'officier n'en demandait pas davantage, car dès lors il pouvait lui-même expliquer l'appareil. Il empoigna une manivelle, s'y appuya et dit :

– Cet appareil est une invention de notre ancien commandant. J'ai travaillé aux tout premiers essais et participé également à tous les travaux jusqu'à leur achèvement. C'est à lui seul, néanmoins, que revient le mérite de l'invention. Avez-vous entendu parler de notre ancien commandant ?

Non ? Eh bien, je ne m'avance guère en affirmant que toute l'organisation de la colonie pénitentiaire, c'est son œuvre. Nous qui sommes ses amis, nous savions déjà, à sa mort, que l'organisation de la colonie était si cohérente que son successeur, eût-il en tête mille projets nouveaux, ne pourrait rien changer à l'ancien état de choses pendant au moins de nombreuses années. Nos prévisions se sont d'ailleurs vérifiées ; le nouveau commandant a dû se rendre à l'évidence. Dommage que vous n'ayez pas connu l'ancien commandant !... Mais je bavarde, dit soudain l'officier, et son appareil est là devant nous. Il se compose, comme vous voyez, de trois parties. Chacune d'elles, avec le temps, a reçu une sorte de dénomination populaire. Celle d'en bas s'appelle le lit, celle d'en haut la traceuse, et là, suspendue au milieu, c'est la herse.

– La herse ? demanda le voyageur.

Il n'avait pas écouté très attentivement, ce vallon sans ombre captait trop violemment le soleil, on avait du mal à rassembler ses idées. L'officier ne lui en paraissait que plus digne d'admiration, sanglé dans sa vareuse comme pour la parade, avec lourdes épaulettes et aiguillettes pendantes, exposant son affaire avec tant de zèle et de surcroît, tout en parlant, maniant le tournevis pour resserrer çà et là. L'état du voyageur semblait être aussi celui du soldat. Il avait enroulé la chaîne du condamné autour de ses deux poignets, il était appuyé d'une main sur son fusil, laissait tomber la tête en avant et ne se souciait de rien. Le voyageur n'en fut pas surpris, car l'officier parlait français, et c'était une langue que ne comprenait certainement ni le soldat ni le condamné. Il n'en était que plus frappant, à vrai dire, de voir le condamné s'efforcer de suivre tout de même les explications de l'officier. Avec une sorte d'obstination somnolente, il tournait sans cesse ses regards dans la direction qu'indiquait l'officier et, lorsque celui-ci fut interrompu par une question du voyageur, il regarda ce dernier, tout comme le fit l'officier.

– Oui, la herse, dit celui-ci, le nom convient. Les aiguilles sont disposées en herse, et puis l'ensemble se manie comme une herse, quoique sur place et avec bien plus de savoir-faire. Vous allez d'ailleurs tout de suite comprendre. Là, sur le lit, on fait s'étendre le condamné. – Je vais d'abord, n'est-ce pas, décrire l'appareil, et ensuite seulement je ferai exécuter la manœuvre. Comme cela, vous pourrez mieux la suivre. Et puis il y a dans la traceuse une roue dentée qui est usée ; elle grince très fort, quand ça marche ; et alors on ne s'entend presque plus ; les pièces détachées sont hélas fort difficiles à se procurer, ici. – Donc, voilà le lit, comme je le disais. Il est entièrement recouvert d'une couche d'ouate ; à quelle fin, vous le saurez bientôt. Sur cette ouate, on fait s'étendre le condamné à plat ventre et, naturellement, nu ; voici pour les mains, et là pour les pieds, et là pour le cou, des sangles qui permettent de l'attacher. Là, à la tête du lit, à l'endroit où l'homme à plat ventre, comme je l'ai dit, doit poser le visage tout de suite, se trouve cette protubérance rembourrée qu'on peut aisément régler de telle sorte qu'elle entre exactement dans la bouche de l'homme. Ceci afin d'empêcher les cris et les morsures de la langue. Naturellement, l'homme est contraint de prendre ça dans sa bouche, sinon il a la nuque brisée par la sangle qui lui maintient le cou.

– C'est de la ouate ? demanda le voyageur en se penchant.

– Mais certainement, dit l'officier en souriant, touchez vous-même. Saisissant la main du voyageur, il la lui fit passer sur la surface du lit et poursuivit : C'est une ouate traitée spécialement, c'est pour cela que son aspect est si peu reconnaissable.

Le voyageur trouvait déjà l'appareil un peu plus attrayant ; la main au-dessus des yeux pour se protéger du soleil, il le parcourut du regard, du bas jusqu'en haut. C'était un ouvrage de grandes dimensions. Le lit et la traceuse étaient de taillé équivalente et ressemblaient à deux caissons de couleur sombre. La traceuse était disposée à deux mètres environ au-dessus du lit ; ils étaient rattachés l'un à l'autre, aux quatre coins, par quatre montants de cuivre jaune qui, au soleil, lançaient presque des rayons. Entre les deux caissons était suspendue, à un ruban d'acier, la herse.

L'officier avait à peine noté l'indifférence première du voyageur, en revanche il fut alors sensible à son regain d'intérêt ; aussi interrompit-il ses explications, afin que le voyageur eût tout loisir d'examiner l'appareil. Le condamné imita le voyageur ; empêché de se protéger les yeux avec sa main, il les leva en clignant les paupières.

– Ainsi donc, l'homme est à plat ventre, dit le voyageur en se renversant dans son fauteuil et en croisant les jambes.

– Oui, dit l'officier en repoussant un peu sa casquette en arrière et en passant sa main sur son visage brûlant. À présent, suivez-moi bien. Le lit et la traceuse sont tous les deux pourvus de piles électriques ; le lit pour lui-même, la traceuse pour la herse. Dès que l'homme est attaché, on met le lit en marche ; il vibre, par petites oscillations très rapides, à la fois latérales et verticales. Vous aurez vu sans doute des appareils analogues dans des établissements hospitaliers ; sauf que, dans le cas de notre lit, les mouvements sont calculés avec précision ; ils doivent en effet être exactement coordonnés avec les mouvements de la herse. Or, c'est à cette herse qu'incombe l'exécution proprement dite de la sentence.

— Quels sont donc les termes de la sentence ? demanda le voyageur.

— Cela aussi, vous l'ignorez ? dit l'officier étonné, en se mordant les lèvres. Pardonnez-moi si mes explications sont peut-être confuses ; je vous prie de bien vouloir m'en excuser. C'est que ces explications, c'était autrefois le commandant qui les donnait ; or, le nouveau commandant s'est soustrait à l'honneur que constituait cette obligation ; mais qu'un visiteur aussi considérable (des deux mains, le voyageur tenta de récuser cet hommage, mais l'officier n'en démordit pas)... qu'un visiteur aussi considérable, il ne le mette pas même au courant de la forme que prend notre sentence, voilà encore une innovation qui...(L'officier s'apprêtait à proférer une malédiction, mais il se ressaisit et dit seulement :) Je n'ai pas été informé, ce n'est pas de ma faute. Au demeurant, je suis d'ailleurs tout à fait compétent pour exposer les modalités de notre appareil judiciaire, puisque j'ai là (et ce disant il tapota sa poche-poitrine) les dessins correspondants, de la main de notre ancien commandant.

— Des dessins du commandant lui-même ? demanda le voyageur. Était-il donc tout à la fois ? Était-il soldat, juge, technicien, chimiste, dessinateur ?

— Eh oui, dit l'officier en opinant de la tête avec un regard fixe et méditatif.

Puis il examina attentivement ses mains ; elles ne lui parurent pas assez propres pour toucher les dessins ; il alla donc vers le seau et les y lava une nouvelle fois. Puis il tira de sa poche un portefeuille de cuir et dit :

– Les termes de notre sentence n'ont rien de sévère. On inscrit avec la herse, sur le corps du condamné, le commandement qu'il a enfreint. Par exemple, à ce condamné (l'officier montra l'homme), on inscrira sur le corps : « Ton supérieur honoreras. »

Le voyageur jeta vers l'homme un regard rapide ; il tenait, au moment où l'officier le désignait, la tête baissée et semblait tendre l'oreille de toutes ses forces pour saisir quelque chose. Mais les mouvements de ses grosses lèvres serrées manifestaient clairement qu'il ne comprenait rien. Le voyageur avait diverses questions à poser, mais à la vue de l'homme il demanda seulement :

– Connaît-il sa sentence ?

– Non, dit l'officier qui entendait reprendre aussitôt le cours de ses explications. Mais le voyageur l'interrompit :

– Il ne connaît pas sa propre condamnation ?

– Non, répéta l'officier qui s'arrêta un instant comme pour demander au voyageur de motiver plus précisément sa question, puis reprit : Il serait inutile de la lui annoncer, il va l'apprendre à son corps défendant.

Le voyageur s'apprêtait à se taire quand il sentit le condamné tourner vers lui son regard ; il paraissait demander s'il pouvait souscrire à la description faite. Aussi le voyageur, qui s'était à nouveau carré dans son fauteuil, se pencha-t-il de nouveau et demanda :

– Mais qu'il est condamné, il le sait, tout de même ?

– Non plus, dit l'officier en souriant au voyageur, comme s'il s'attendait encore de sa part à quelques déclarations étranges.

– Non ! dit le voyageur en se passant la main sur le front. Ainsi cet homme ne sait toujours pas comment sa défense a été reçue ?

– Il n'a pas eu l'occasion de se défendre, dit l'officier en détournant les yeux comme s'il se parlait à lui-même et ne voulait pas gêner le voyageur en lui racontant ces choses qui pour lui allaient de soi.

– Il a bien fallu qu'il ait l'occasion de se défendre, dit le voyageur en se levant de son fauteuil.

L'officier comprit qu'il risquait fort d'être interrompu pour longtemps dans ses explications concernant l'appareil ; il alla donc vers le voyageur, le prit familièrement par le bras, lui montra de la main le condamné qui, comme à présent l'attention se fixait manifestement sur lui, se mettait au garde-à-vous (d'ailleurs le soldat tirait sur la chaîne), et il dit :

– Les choses se passent de la manière suivante. J'exerce ici, dans la colonie pénitentiaire, la fonction de juge. En dépit de mon jeune âge. Car j'assistais déjà l'ancien commandant dans toutes les affaires disciplinaires, et c'est également moi qui connais le mieux l'appareil. Le principe selon lequel je tranche est que la culpabilité ne fait jamais de doute. D'autres tribunaux peuvent ne pas se conformer à ce principe, car ils comptent plusieurs juges et ils ont de surcroît, au-dessus d'eux, des tribunaux d'instances supérieures. Tel n'est pas le cas ici, ou du moins cela ne l'était pas sous l'ancien commandant. Il est vrai que le nouveau a déjà manifesté le désir de s'ingérer dans ma juridiction, mais je suis parvenu jusqu'ici à le contenir, et je continuerai d'y parvenir. – Vous vouliez que je vous explique ce cas ; il est aussi simple que tous les autres. Un capitaine a fait ce matin un rapport selon lequel cet homme, qui lui est affecté comme ordonnance et qui dort devant sa porte, s'était endormi à son poste. En effet, chaque fois que sonne l'heure, il a à se lever et à saluer devant la porte du capitaine. Devoir qui n'a rien de pesant et qui est nécessaire, car l'homme doit rester dispos, tant pour monter la garde que pour servir. La nuit dernière, le capitaine a voulu vérifier si l'ordonnance faisait son devoir. Il a ouvert la porte à deux heures pile et l'a trouvé affalé en train de dormir. Il est allé chercher sa cravache et l'en a frappé au visage. Or, au lieu de se lever et de demander pardon, l'homme a saisi son maître par les jambes, l'a secoué et lui a crié : « Jette cette cravache, ou je te bouffe. » – Voilà les faits. Le capitaine est venu me trouver voilà une heure, j'ai noté ses déclarations et j'y ai aussitôt ajouté la sentence. Puis j'ai fait mettre l'homme aux fers. Tout cela fut très simple. Si j'avais commencé par convoquer l'homme et par l'interroger, cela n'aurait fait que mettre la pagaille. Il aurait menti ; si j'étais arrivé à réfuter ses mensonges, il les aurait remplacés par d'autres, et ainsi de suite. Tandis que maintenant je le tiens et je ne le lâcherai pas. – Est-ce qu'à présent tout est expliqué ? Mais le temps passe, l'exécution devrait déjà commencer, et je n'ai pas encore fini d'expliquer l'appareil.

Il força le voyageur à se rasseoir, revint vers l'appareil et reprit :

– Comme vous voyez, la forme de la herse correspond à celle du corps humain ; voici la herse pour le torse, voilà les herses pour les jambes. Pour la tête, seul est prévu ce petit poinçon. C'est bien clair ?

Il se pencha aimablement vers le voyageur, prêt à fournir les plus amples explications.

Le voyageur regardait la herse en fronçant les sourcils. Les renseignements concernant la procédure ne l'avaient pas satisfait. Il était bien obligé de se dire qu'il s'agissait là d'une colonie pénitentiaire, que des règles particulières y étaient nécessaires et qu'en toute chose on devait s'y prendre de façon militaire. Mais en outre il mettait quelque espoir dans le nouveau commandant, qui avait manifestement l'intention d'introduire, à vrai dire lentement, une procédure nouvelle, qui ne pouvait entrer dans la tête obtuse de cet officier. C'est en songeant à cela que le voyageur demanda :

– Est-ce que le commandant assistera à l'exécution ?

– Ce n'est pas certain, dit l'officier froissé par cette question inopinée au point que sa mine affable se crispa. C'est bien pourquoi nous devons faire vite. Je vais même devoir abréger mes explications, à mon grand regret. Mais enfin demain, lorsque l'appareil aura été nettoyé – c'est son seul défaut de se salir à ce point –, je pourrai fournir un complément d'explications. Pour le moment, je me limite donc à ce qui est nécessaire. – Une fois que l'homme est sur le lit et que celui-ci se met à vibrer, la herse descend au contact du corps. D'elle-même, elle se place de façon à ne toucher le corps que de l'extrémité de ses pointes ; cette mise en place opérée, ce câble d'acier se tend aussitôt et devient une tige rigide. Dès lors, le jeu commence. Le profane ne fait, de l'extérieur, aucune différence entre les châtiments. La herse paraît travailler de façon uniforme. Elle enfonce en vibrant ses pointes dans le corps, qui lui-même vibre de surcroît avec le lit. Et pour permettre à tout un chacun de vérifier l'exécution de la sentence, la herse a été faite en verre. Cela a posé quelques problèmes techniques pour y fixer les aiguilles, mais après de nombreux essais on y est arrivé. Eh oui, nous n'avons pas craint de nous donner du mal. Et chacun désormais peut voir, à travers le verre, l'inscription s'exécuter dans le corps. Vous ne voulez pas vous approcher pour regarder les aiguilles ?

Le voyageur se leva lentement, s'avança et se pencha sur la herse.

– Vous voyez, dit l'officier, deux sortes d'aiguilles, disposées de multiples façons. Chaque aiguille longue est flanquée d'une courte. C'est que la longue inscrit, tandis que la courte projette de l'eau pour rincer le sang et maintenir l'inscription toujours lisible. L'eau mêlée de sang est ensuite drainée dans de petites rigoles et conflue finalement dans ce canal collecteur, dont le tuyau d'écoulement aboutit dans la fosse.

L'officier montrait précisément du doigt le trajet obligatoirement suivi par l'eau mêlée de sang. Lorsque, pour être aussi clair que possible, il fit le geste de la recueillir des deux mains à la bouche du tuyau d'écoulement, le voyageur redressa la tête et voulut, en tâtonnant d'une main derrière son dos, revenir à sa chaise. Il vit alors avec effroi que le condamné aussi s'était approché comme lui à l'invitation de l'officier pour voir de près comment était faite la herse. Il avait un peu tiré vers l'avant, par la chaîne, le soldat somnolent, et il s'était lui aussi penché sur le verre. On voyait qu'il cherchait lui aussi, d'un œil vague, ce que les deux messieurs étaient en train d'examiner, mais il n'y parvenait pas, puisque l'explication lui manquait. Il se penchait de ci, de là. Il ne cessait de parcourir des yeux ce verre. Le voyageur voulut le repousser, car ce qu'il faisait là était vraisemblablement répréhensible. Mais l'officier retint le voyageur d'une main ferme, prit de l'autre une motte de terre sur le talus et la lança sur le soldat. Celui-ci leva les yeux en sursautant, vit ce que le condamné avait osé faire, laissa choir son fusil et, se calant sur ses talons enfoncés dans le sol, tira si violemment le condamné en arrière que celui-ci s'étala d'un coup, le soldat le regardant alors de haut se débattre et faire sonner ses chaînes.

– Relève-le ! cria l'officier.

Car il s'apercevait que le voyageur était par trop distrait par le condamné. Le voyageur se penchait même par-dessus la herse sans se soucier d'elle, voulant seulement observer ce qui arrivait au condamné. L'officier cria encore :

– Traite-le avec soin !

En courant, il contourna l'appareil, puis saisit lui-même sous les bras le condamné dont les pieds s'obstinaient à glisser, et le remit debout avec l'aide du soldat.

– À présent, je sais tout, dit le voyageur quand l'officier revint vers lui.

– Sauf le plus important, dit l'officier en saisissant le voyageur par le bras et en l'invitant à regarder en l'air. La traceuse, là-haut, renferme le mécanisme qui commande les mouvements de la herse, et ce mécanisme est réglé par le dessin qui correspond au libellé de la sentence. Je continue d'utiliser les dessins de l'ancien commandant. Les voici, dit-il en tirant quelques feuillets du portefeuille de cuir, mais je ne puis malheureusement vous les laisser toucher, ils sont mon bien le plus cher. Asseyez-vous, je vais vous les montrer d'ici, vous verrez tout très bien.

Il montra le premier feuillet. Le voyageur aurait bien aimé avoir une parole aimable, mais il ne voyait que des lignes labyrinthiques qui s'entrecroisaient en tous sens et couvraient le papier de manière si dense qu'on avait peine à discerner des blancs entre elles.

– Lisez, dit l'officier.

– Je ne peux pas, dit le voyageur.

– C'est pourtant net, dit l'officier.

– C'est du beau travail, dit le voyageur pour s'en tirer, mais je ne puis pas le déchiffrer.

– Oui, dit l'officier en riant et en remettant le portefeuille dans sa poche, ce n'est pas un modèle d'écriture pour écoliers. Il faut prendre son temps pour la lire. Vous finiriez aussi par y voir clair. Il ne faut naturellement pas que ce soit une écriture simple ; car enfin elle n'est pas faite pour tuer tout de suite, mais en moyenne au bout de douze heures seulement ; le tournant est prévu pour la sixième heure. Il faut donc que l'inscription proprement dite soit assortie d'un très, très grand nombre d'enjolivures ; la véritable inscription n'entoure le torse que d'une étroite ceinture ; le reste du corps est prévu pour recevoir des ornements. Appréciez-vous maintenant à leur vraie valeur le travail de la herse et celui de tout l'appareil ? – Regardez donc.

Il bondit sur l'échelle, tourna une roue, cria d'en haut :

– Attention écartez-vous !

Et tout se mit en marche. Si la roue n'avait pas grincé, c'eût été magnifique. Comme surpris par cette roue rebelle, l'officier la menaça du poing, puis, pour s'excuser, leva les bras à l'adresse du voyageur, et redescendit prestement pour observer par en dessous la marche de l'appareil. Il y avait encore quelque chose qui clochait, et dont lui seul s'apercevait ; il regrimpa l'échelle, fourra les deux mains à l'intérieur de la traceuse, puis, pour redescendre plus vite, au lieu d'emprunter l'échelle, se laissa glisser le long d'un des montants et, pour se faire entendre dans le vacarme, cria de toute son énergie dans l'oreille du voyageur :

– Vous saisissez le fonctionnement ? La herse commence à écrire ; une fois que l'inscription a fait un premier passage sur le dos de l'homme, la couche d'ouate se déroule et fait lentement tourner le corps sur le côté, pour présenter à la herse une nouvelle surface. En même temps, les endroits lésés par l'inscription viennent s'appliquer sur la ouate qui, par la vertu d'une préparation spéciale, arrête aussitôt le saignement et prépare une deuxième administration, plus profonde, de l'inscription. Ces crochets-ci, au bord de la herse, arrachent ensuite la ouate des plaies lorsque le corps continue à tourner, ils l'expédient dans la fosse, et la herse a de nouveau du travail. Elle inscrit ainsi toujours plus profondément, douze heures durant. Les six premières heures, le condamné vit presque comme auparavant ; simplement, il souffre. Au bout de deux heures, on retire le tampon qu'il avait dans la bouche, car l'homme n'a plus la force de crier. Dans cette écuelle chauffée électriquement, près de sa tête, on met du riz bouilli chaud, que l'homme peut attraper avec sa langue, autant qu'il en a envie. Aucun ne manque cette occasion. Je ne pourrais en citer un seul, et mon expérience est longue. Ce n'est que vers la sixième heure qu'il n'a plus plaisir à manger. Alors, généralement, je m'agenouille là et j'observe le phénomène. L'homme avale rarement sa dernière bouchée, il se contente de la tourner dans sa bouche et il la crache dans la fosse. Il faut alors que je me baisse, sinon je la prends dans la figure. Mais comme l'homme devient alors silencieux, à la sixième heure ! L'intelligence vient au plus stupide. Cela débute autour des yeux. De là, cela s'étend. À cette vue, l'on serait tenté de se coucher avec lui sous la herse. Non qu'il se passe rien de plus, simplement l'homme commence à déchiffrer l'inscription, il pointe les lèvres comme s'il écoutait. Vous l'avez vu, il n'est pas facile de déchiffrer l'inscription avec ses yeux ; mais notre homme la déchiffre avec ses plaies. C'est au demeurant un gros travail ; il lui faut six heures pour en venir à bout. Mais alors la herse l'embroche entièrement et le jette dans la fosse, où il va s'aplatir dans un claquement sur la ouate et l'eau mêlée de sang. Justice est faite, alors, et le soldat et moi nous l'enfouissons.

Le voyageur avait penché l'oreille vers l'officier et, les mains dans les poches de sa veste, observait le travail de la machine. Le condamné aussi l'observait, mais sans comprendre. Il se baissait un peu et suivait les oscillations des aiguilles quand, sur un signe de l'officier, le soldat lui fendit au couteau, par-derrière, chemise et pantalon, qui du coup tombèrent ; l'homme voulut les rattraper pour cacher sa nudité, mais le soldat le souleva en l'air et le secoua pour faire tomber les derniers lambeaux de tissu. L'officier mit la machine en route et, dans le silence qui s'instaurait, le condamné fut couché sous la herse. On détacha les chaînes et, à leur place, on fixa les sangles ; il sembla tout d'abord que, pour le condamné, ce fût presque un soulagement. Et puis la herse descendit encore un peu plus bas, car l'homme était maigre. Quand les pointes le touchèrent, un frisson parcourut sa peau ; pendant que le soldat s'occupait de sa main droite, il tendit la gauche, sans savoir vers quoi ; mais c'était la direction où se trouvait le voyageur. L'officier regardait constamment le voyageur par côté, comme s'il cherchait à lire sur son visage l'impression que faisait sur lui cette exécution qu'il lui avait expliquée, au moins superficiellement.

La sangle destinée au poignet se rompit ; sans doute le soldat l'avait-il trop serrée. Il fallait que l'officier apporte son aide, le soldat lui montrait le bout de sangle déchiré. L'officier alla d'ailleurs le rejoindre et dit en tournant la tête vers le voyageur :

– La machine est très composite, il est fatal que ça lâche ou que ça casse ici ou là ; mais il ne faut pas pour autant se laisser troubler dans son jugement d'ensemble. La sangle, du reste, peut être remplacée sans délai ; je vais me servir d'une chaîne ; ce qui, à vrai dire, pour le bras droit, nuira à la douceur des oscillations.

Et, pendant qu'il mettait la chaîne, il dit encore :

– Les moyens pour entretenir la machine sont à présent très restreints. Sous l'ancien commandant, j'avais libre accès à une cagnotte exclusivement destinée à cet usage. Il existait ici un magasin où étaient rangées toutes les sortes possibles de pièces détachées. J'avoue que je les gaspillais presque, j'entends à l'époque, pas maintenant, comme le prétend le nouveau commandant, à qui tous les prétextes sont bons pour s'en prendre aux anciennes institutions. Il gère désormais lui-même la cagnotte de la machine et, si j'envoie chercher une sangle neuve, on va exiger que je produise à titre de preuve celle qui s'est déchirée, la neuve n'arrivera que dans dix jours, mais elle sera alors de moins bonne qualité et ne vaudra pas grand-chose. Et comment, entre-temps, je suis censé faire fonctionner la machine avec une sangle qui manque, cela personne ne s'en soucie.

Le voyageur réfléchissait : il est toujours fâcheux d'intervenir de façon décisive dans les affaires d'autrui. Il n'était pas membre de la colonie pénitentiaire, ni citoyen de l'État auquel elle appartenait. S'il prétendait condamner cette exécution, voire la contrecarrer, on pouvait lui dire : « Tu n'es pas d'ici, tais-toi. » Il n'aurait rien eu à répliquer à cela, il n'aurait pu qu'ajouter au contraire qu'en l'occurrence il ne se comprenait pas lui-même, car il ne voyageait que dans l'intention de voir, et non d'aller par exemple modifier l'organisation judiciaire en vigueur chez les autres. Seulement, là, il fallait avouer que les choses se présentaient de façon très tentante. L'iniquité de la procédure et l'inhumanité de l'exécution ne faisaient aucun doute. Nul ne pouvait supposer chez le voyageur quelque intérêt personnel, puisqu'il ne connaissait pas le condamné, qui n'était pas un compatriote, ni un être qui inspirât la moindre pitié. Le voyageur, pour sa part, avait les recommandations de hautes administrations, il avait été accueilli avec une extrême courtoisie et le fait qu'on l'eût convié à cette exécution semblait même suggérer qu'on le priait de porter un jugement sur cette juridiction. Or, c'était d'autant plus vraisemblable qu'il venait d'apprendre sans la moindre ambiguïté que le commandant n'était pas partisan de cette procédure et qu'il adoptait envers l'officier une attitude quasiment hostile.

Le voyageur entendit alors l'officier pousser un cri de rage. Il venait, non sans peine, de forcer le condamné à s'enfoncer dans la bouche le tampon d'ouate, quand l'homme fut saisi d'une irrépressible nausée et, fermant les yeux, vomit. L'officier se précipita pour le tirer en l'air et l'écarter du tampon, voulant lui tourner la tête vers la fosse ; mais c'était trop tard, les vomissures dégoulinaient déjà sur la machine.

– Tout ça, c'est la faute du commandant ! cria l'officier qui, face à l'appareil, secouait comme un dément ses montants de cuivre jaune. On me salit ma machine comme une porcherie, dit-il en montrant les dégâts au voyageur de ses mains tremblantes. J'ai pourtant passé des heures à tenter de faire comprendre au commandant qu'un jour avant l'exécution il ne fallait plus administrer de nourriture aux condamnés. Mais la tendance nouvelle est à la clémence, et elle est d'un autre avis. Les dames du commandant, avant qu'on emmène le condamné, lui bourrent le gosier de sucreries. Toute sa vie il s'est nourri de poissons puants, et voilà qu'il lui faut manger des sucreries ! Mais enfin ce serait possible, je n'y verrais pas d'objection, mais pourquoi ne fournit-on pas un nouveau tampon, comme je le sollicite depuis trois mois ? Comment peut-on se mettre dans la bouche sans répugnance ce tampon que plus de cent hommes à l'agonie ont sucé et mordu ?

Le condamné avait reposé sa tête et semblait apaisé ; le soldat s'occupait de nettoyer la machine avec la chemise du condamné. L'officier alla vers le voyageur, que quelque pressentiment fit reculer d'un pas, mais l'officier le saisit par la main et l'entraîna à l'écart.

– Je souhaite vous dire quelques mots en confidence, dit-il, vous m'y autorisez ?

– Certes, dit le voyageur en écoutant les yeux baissés.

– Cette procédure et cette exécution que vous avez présentement l'occasion d'admirer n'ont plus actuellement dans notre colonie de partisans déclarés. Je suis le seul à les défendre, et du même coup le seul à défendre l'héritage de l'ancien commandant. Je ne saurais songer à développer encore cette procédure, j'use toutes mes énergies pour conserver ce qui existe déjà. Du vivant de l'ancien commandant, la colonie regorgeait de ses partisans ; sa force de conviction, je l'ai pour une part, mais je suis complètement dépourvu du pouvoir qui était le sien ; du coup, ses partisans se sont faits tout petits ; il en existe encore beaucoup, mais aucun ne l'avoue. Si aujourd'hui, donc un jour d'exécution, vous allez à la maison de thé et que vous y écoutiez les conversations, vous n'entendrez peut-être que des propos ambigus. Ce sont tous des partisans, mais sous l'actuel commandant, et compte tenu de ses conceptions actuelles, ils me sont tout à fait inutiles. Et à présent je vous le demande : est-ce qu'à cause de ce commandant et de ses femmes qui l'influencent cette œuvre de toute une vie doit être anéantie (il montrait la machine) ? A-t-on le droit de laisser faire cela ? Même lorsqu'on est étranger et de passage sur notre île pour quelques jours ? Or, il n'y a pas de temps à perdre, on prépare quelque chose contre ma compétence juridictionnelle ; déjà des conciliabules se tiennent dans le bâtiment de commandement, auxquels je ne suis pas convié ; même votre visite d'aujourd'hui me semble révélatrice de toute cette situation ; on est lâche et l'on vous envoie en première ligne, vous qui êtes étranger. – Ah, comme l'exécution était différente, dans le temps ! Un jour à l'avance, tout le vallon était déjà plein de monde ; rien que pour voir cela, tout le monde venait ; de bon matin, le commandant faisait son apparition, entouré de ses dames ; des fanfares réveillaient le camp tout entier ; je me présentais au rapport et annonçais que tout était paré ; le public de qualité – il n'était pas question qu'il manque un seul fonctionnaire d'autorité – prenait place autour de la machine ; ce tas de fauteuils en rotin est un pitoyable vestige de cette époque. La machine, fraîchement astiquée, brillait ; pour chaque exécution ou presque, j'avais perçu des pièces détachées neuves. Devant des centaines d'yeux – tous les spectateurs se haussaient sur la pointe des pieds, jusqu'en haut des pentes –, c'était le commandant lui-même qui couchait le condamné sous la herse. Ce qu'a le droit de faire aujourd'hui un simple soldat, c'était alors mon office, en ma qualité de président du tribunal, et j'en étais honoré. Et alors, l'exécution commençait ! Aucune fausse note ne troublait le travail de la machine. Bien des gens ne regardaient plus, dès lors, mais restaient couchés dans le sable, les yeux clos ; ils savaient tous qu'à cet instant justice était en train de se faire. Dans le silence, on n'entendait que le gémissement du condamné, assourdi par le tampon. Aujourd'hui, la machine ne parvient plus à arracher au condamné un gémissement plus fort que ce que peut encore étouffer le tampon ; mais à l'époque, les aiguilles émettaient tout en écrivant un liquide corrosif qu'on n'a plus le droit d'employer aujourd'hui. Et puis alors venait la sixième heure ! Impossible alors d'accéder à la prière de tous ceux qui voulaient regarder de près. Le commandant, dans sa sagesse, avait décrété qu'il fallait donner la préférence aux enfants ; pour ma part, à vrai dire, mon office me donnait toujours le droit d'être là ; souvent j'étais accroupi là-bas, tenant un enfant dans chaque bras. Comme nous recueillions tous l'expression transfigurée que prenait le visage martyrisé, comme nous tendions nos joues pour les exposer à la lumière de cette justice enfin atteinte et déjà éphémère ! C'était le bon temps, camarade !

L'officier avait manifestement oublié à qui il avait affaire ; il avait saisi le voyageur dans ses bras et avait posé sa tête sur son épaule. Le voyageur était très embarrassé : il jetait des regards impatients par-dessus la tête de l'officier. Le soldat avait achevé son travail de nettoyage et venait juste de verser encore du riz bouilli d'une boîte métallique dans l'écuelle. À peine le condamné, apparemment tout à fait remis, s'en aperçut-il qu'il se mit à vouloir laper le riz avec sa langue. Le soldat ne cessait de le repousser, car le riz était sans doute prévu pour plus tard, mais il était en tout cas inconvenant aussi qu'il y plongeât ses mains sales pour en manger sous le nez du condamné affamé.

L'officier se ressaisit vite :

– Ne croyez pas que j'aie voulu vous émouvoir, dit-il, je sais qu'il est impossible de faire comprendre aujourd'hui ce qu'était ce temps-là. Du reste, la machine travaille toujours et marche toute seule. Elle marche même si elle se dresse toute seule dans ce vallon. Et le corps tombe toujours pour finir dans la fosse, en un vol plané d'une incompréhensible douceur, même s'il n'y a pas, comme à l'époque, des centaines de gens rassemblés comme des mouches autour de la fosse. En ce temps-là, il nous fallait disposer autour de la fosse une solide rambarde, elle est arrachée depuis longtemps.

Le voyageur voulait dérober son visage à l'officier et regardait n'importe où alentour. L'officier crut qu'il considérait le vallon désert ; il lui saisit donc les mains, le contourna pour capter ses regards et demanda :

– Vous remarquez cette honte ?

Mais le voyageur se taisait. L'officier le lâcha pour un petit moment ; jambes écartées, les mains sur les hanches, il se tint coi en regardant à terre. Puis il adressa au voyageur un sourire d'encouragement et dit :

– J'étais près de vous, hier, quand le commandant vous a invité. J'ai entendu l'invitation. Je connais le commandant. J'ai tout de suite compris le but qu'il poursuivait en vous invitant. Quoique son pouvoir soit assez grand pour qu'il puisse prendre des mesures contre moi, il n'ose pas encore le faire, mais il entend bien m'exposer à votre jugement, au jugement d'un hôte de marque. Son calcul est minutieux ; c'est le deuxième jour que vous êtes dans l'île, vous n'avez pas connu l'ancien commandant ni ses idées, vous êtes prisonnier de conceptions européennes, peut-être êtes-vous hostile par principe à la peine de mort en général, et en particulier à une méthode mécanique d'exécution comme celle-ci, vous voyez de surcroît cette exécution se dérouler dans l'indifférence générale, tristement, sur une machine déjà quelque peu détériorée...: eh bien, si l'on fait la somme de tout cela – pense le commandant –, ne serait-il pas fort possible que vous n'approuviez pas mon procédé ? Et si vous ne l'approuvez pas – je parle toujours dans l'esprit du commandant –, vous ne manquerez pas de le dire, car enfin vous vous fiez à vos convictions maintes fois confirmées. Il est vrai que vous avez vu et appris à respecter bien des singularités chez bien des peuples, aussi ne vous prononcerez-vous sans doute pas avec toute l'énergie que vous y auriez peut-être mise dans votre pays. Mais le commandant n'en demande pas tant. Un mot en passant, simplement imprudent, lui suffit. Il n'est nullement nécessaire que ce mot corresponde à votre conviction, pourvu qu'il ait seulement l'air d'aller dans le sens de ce qu'il souhaite. Il vous pressera des questions les plus perfides, j'en suis certain. Et ses dames seront là assises en cercle et dresseront l'oreille ; vous direz par exemple : « Chez nous, la procédure est différente », ou bien « Chez nous, on interroge l'accusé avant de prononcer la sentence », ou bien « Chez nous, le condamné a connaissance du verdict », ou bien « Chez nous, il existe encore d'autres peines que la peine de mort », ou bien « Chez nous, il n'y a eu des tortures qu'au Moyen Âge ». Autant de propos qui sont tout aussi pertinents qu'ils vous semblent naturels, des propos anodins, qui ne touchent pas mon procédé. Seulement, comment seront-ils pris par le commandant ? Je le vois d'ici, ce bon commandant, je le vois repousser aussitôt sa chaise et se précipiter sur le balcon, je vois le flot de ses dames qui le suivent, j'entends sa voix – ces dames la qualifient de tonitruante –, et le voilà qui parle : « Un grand spécialiste occidental, chargé d'examiner les procédures judiciaires dans tous les pays, vient de déclarer que notre façon de procéder selon l'usage ancien est inhumaine. Après ce jugement porté par une telle personnalité, il ne m'est naturellement plus possible de tolérer un tel procédé. À compter de ce jour, donc, je décrète.., etc. » Vous voulez intervenir, vous n'avez pas dit ce qu'il proclame, vous n'avez pas qualifié mon procédé d'inhumain, au contraire, votre intuition profonde vous le fait considérer comme le plus humain et le plus humanitaire qui soit, vous admirez d'ailleurs cette machinerie.., mais c'est trop tard ; vous ne parvenez pas sur le balcon, déjà tout plein de dames ; vous voulez attirer l'attention ; vous voulez crier ; mais une main de dame vous ferme la bouche.., et me voilà perdu, comme est perdue l'œuvre de l'ancien commandant.

Le voyageur dut réprimer un sourire ; elle était donc si simple, la tâche qu'il avait crue si difficile. Il répondit évasivement :

– Vous surestimez mon influence ; le commandant a lu ma lettre de recommandation, il sait que je ne m'y connais pas en procédures judiciaires. Si je formulais une opinion, ce serait l'opinion d'un particulier, nullement plus décisive que l'opinion de n'importe qui, et en tout cas beaucoup moins décisive que l'opinion du commandant qui, à ce que je crois savoir, dispose dans cette colonie pénitentiaire de droits très étendus. Si son opinion sur ce procédé est aussi arrêtée que vous le croyez, alors j'ai bien peur que la fin n'en soit arrivée, sans qu'il soit besoin de mon modeste renfort.

L'officier comprenait-il déjà ? Non, il ne comprenait pas encore. Il secoua énergiquement la tête, jeta un bref coup d'œil en arrière vers le condamné et le soldat, qui sursautèrent et s'écartèrent du riz, s'approcha tout près du voyageur et, sans le regarder en face mais en fixant un endroit quelconque de sa veste, dit à voix plus basse qu'auparavant :

– Vous ne connaissez pas le commandant ; face à lui et à nous tous, vous avez – pardonnez l'expression – quelque chose d'inoffensif ; votre influence, croyez-moi, est immense. J'ai été ravi d'apprendre que vous seul assisteriez à l'exécution. Le commandant entendait me porter tort en prenant cette disposition, mais à présent je la retourne à mon avantage. À l'abri des insinuations perfides et des regards condescendants – que vous n'auriez pu manquer de subir s'il y avait eu plus de monde à l'exécution –, vous avez écouté mes explications et vu la machine, et vous voilà sur le point d'assister à l'exécution. Votre jugement est sûrement déjà arrêté ; au cas où subsisteraient de petites incertitudes, la vue de l'exécution les balaiera. Et maintenant je vous adresse cette prière : aidez-moi, face au commandant !

Le voyageur ne le laissa pas poursuivre :

– Comment pourrais-je ? dit-il. C'est tout à fait impossible. Je ne peux pas plus vous être utile que je ne puis vous porter tort.

– Vous le pouvez ! dit l'officier, et le voyageur vit non sans crainte qu'il serrait les poings. Vous le pouvez, répéta-t-il avec plus d'insistance. J'ai un plan, qui ne peut que réussir. Vous croyez que votre influence ne suffit pas. Je sais, moi, qu'elle suffit. Mais en admettant que vous ayez raison, ne faut-il pas, pour préserver ce procédé, tout essayer, même les moyens éventuellement insuffisants ? Écoutez donc mon plan. Son application exige avant tout qu'aujourd'hui, dans la colonie, vous soyez le plus discret possible sur le jugement que vous portez sur le procédé. Si l'on ne vous pose pas carrément la question, interdisez-vous de vous exprimer ; et si vous le faites, que ce soit de façon brève et vague ; il faut qu'on remarque qu'il vous est pénible d'en parler, que vous êtes irrité et que, si vous deviez parler franchement, vous ne pourriez qu'éclater en véritables imprécations. Je ne vous demande pas de vous obliger à mentir ; pas le moins du monde ; il faut seulement que vous répondiez brièvement, par exemple : « Oui, j'ai vu l'exécution », ou bien « Oui, j'ai écouté toutes les explications ». Seulement cela, rien de plus. L'irritation qu'on devra noter chez vous ne manque pas de motifs, même s'ils ne sont pas du goût du commandant. Lui, naturellement, se méprendra complètement et c'est à son goût qu'il les interprétera. C'est là-dessus que table mon plan. Demain se tient dans le bâtiment de commandement, sous la présidence du commandant, une grande réunion de tous les fonctionnaires de haut rang. Le commandant s'est naturellement arrangé pour transformer ce genre de séance en spectacle. On a construit une galerie, qui est toujours pleine de spectateurs. Je suis contraint de prendre part à ces conseils, mais j'en frémis de répugnance. Or, vous serez, en tout état de cause, certainement convié à cette séance ; si vous vous comportez aujourd'hui selon mon plan, cette invitation se muera en une prière instante. Mais au cas où, pour quelque raison inimaginable, vous ne seriez tout de même pas invité, il faudrait à vrai dire que vous demandiez à l'être ; il ne fait aucun doute qu'alors on vous inviterait. Vous voilà donc demain assis avec les dames dans la loge du commandant. Il s'assure, en levant fréquemment les yeux, que vous êtes bien là. Après qu'ont été traités divers points dérisoires, calculés uniquement en fonction de l'auditoire – généralement il s'agit de constructions portuaires, encore et toujours de constructions portuaires ! –, la procédure judiciaire vient aussi sur le tapis. Si le commandant n'y veillait pas, ou pas assez vite, je ferai le nécessaire pour qu'on y vienne. Je me lèverai et rendrai compte de l'exécution d'aujourd'hui. Très brièvement, en m'en tenant à rapporter le fait. À vrai dire, ce n'est pas l'habitude en ce lieu, mais je le ferai cependant. Le commandant me remercie, comme toujours, avec un sourire affable, et alors il ne peut s'en empêcher, il saisit l'occasion : « On vient, dira-t-il ou à peu près, de nous rendre compte que l'exécution a eu lieu. À ce bref rapport, j'aimerais seulement ajouter que cette exécution, précisément, a eu lieu en présence du grand savant dont vous savez tous quel honneur exceptionnel sa visite représente pour notre colonie. Notre réunion d'aujourd'hui voit elle aussi sa signification rehaussée par cette présence. Eh bien, pourquoi ne pas interroger ce grand savant sur la manière dont il juge cette exécution conforme à l'usage ancien, ainsi que la procédure préalable ? » Naturellement, applaudissements sur tous les bancs, approbation générale, je serai moi-même le plus bruyant. Le commandant s'incline vers vous et dit : « Alors, je vous pose cette question en notre nom à tous. » Et, alors, vous vous avancez jusqu'à la balustrade. Vous y posez vos mains bien à la vue de tous, sinon les dames les saisiraient et joueraient avec vos doigts. – Et maintenant, enfin, vous avez la parole. Je ne sais comment je vais supporter la tension des heures qui vont suivre jusque-là. Dans votre discours, il ne faut pas vous imposer de limites, faites retentir la vérité, penchez-vous par-dessus la balustrade, hurlez, mais oui, hurlez au commandant votre opinion, votre opinion inébranlable. Mais peut-être que vous ne voulez pas cela, que cela ne correspond pas à votre caractère, peut-être que dans votre pays on se comporte différemment en pareille situation, voilà qui est très bien aussi, voilà qui suffit parfaitement, ne vous levez pas, dites seulement quelques mots, chuchotez-les de manière qu'ils soient juste entendus des fonctionnaires qui se trouveront en dessous de vous, cela suffit, il n'est nullement nécessaire que vous évoquiez vous-même l'absence de public lors de l'exécution, le grincement de la roue, la rupture de la sangle, l'état répugnant du tampon, non, tout le reste je m'en charge, et croyez-moi, si mon discours ne le chasse pas hors de la salle, il le mettra à genoux et le forcera à confesser : « Ancien commandant, je m'incline devant toi. » – Voilà mon plan ; voulez-vous m'aider à l'appliquer ? Mais naturellement que vous le voulez ; mieux encore, vous ne pouvez faire autrement.

Et l'officier saisit le voyageur par les deux bras et le regarda en face en respirant bruyamment. Il avait crié si fort ses dernières phrases que même le soldat et le condamné avaient dressé l'oreille ; quoiqu'ils fussent incapables de comprendre, ils avaient cessé de manger et, tout en mastiquant, regardaient en direction du voyageur.

La réponse que celui-ci avait à donner ne faisait aucun doute depuis le début ; il en avait trop vu au cours de sa vie pour pouvoir à présent balancer ; il était foncièrement honnête et il n'avait pas peur. Cependant, à présent, sous le regard du soldat et du condamné, il hésita le temps de prendre son souffle. Mais finalement il dit comme il devait nécessairement le dire :

– Non.

L'officier cligna plusieurs fois des yeux, mais ne détourna pas le regard.

– Voulez-vous une explication ? demanda encore le voyageur. L'officier opina en silence.

– Je suis hostile à ce procédé, dit alors le voyageur. Avant même que vous ne vous soyez confié à moi – et cette confiance, naturellement, je n'en abuserai pour rien au monde –, je m'étais déjà demandé si j'avais le droit d'intervenir contre ce procédé, et si mon intervention aurait la moindre chance de succès. À qui je devais d'abord m'adresser en l'occurrence, c'était évident : au commandant, naturellement. Vous m'avez encore confirmé cette évidence, mais sans nullement conforter ma résolution, au contraire, votre conviction sincère me touche, même si elle ne saurait entamer la mienne.

L'officier garda le silence, se tourna vers la machine, saisit l'un des montants de cuivre jaune et, se penchant un peu en arrière, leva les yeux vers la traceuse comme pour vérifier que tout était en bon ordre. Le soldat et le condamné paraissaient s'être liés d'amitié ; le condamné faisait des signes au soldat, si difficile que cela fût à cause des sangles qui le maintenaient ; le soldat se penchait vers lui ; le condamné lui chuchotait quelque chose, et le soldat opinait.

Le voyageur suivit l'officier et dit :

– Vous ne savez toujours pas ce que j'ai l'intention de faire. Je vais donner au commandant mon avis sur ce procédé, mais non pas lors d'une réunion : entre quatre yeux ; je ne vais d'ailleurs pas rester ici assez longtemps pour qu'on puisse me convier à aucune réunion ; je pars dès demain matin, ou du moins je m'embarque.

L'officier ne semblait pas avoir écouté :

– Le procédé ne vous a donc pas convaincu, dit-il en se parlant à lui-même et en souriant comme sourit un vieux de la sottise d'un enfant, en n'en pensant pas moins. Alors, il est donc temps.

En proférant cette conclusion, il tourna soudain vers le voyageur des yeux clairs où se lisait quelque invite ou quelque appel à y mettre du sien.

– Il est temps de quoi faire ? dit le voyageur inquiet, mais sans obtenir de réponse.

– Tu es libre, dit l'officier au condamné dans sa langue. L'homme n'y croyait pas, tout d'abord.

– Eh bien, tu es libre ! répéta l'officier.

Pour la première fois, la face du condamné exprimait vraiment la vie. Était-ce la vérité ? Était-ce, de la part de l'officier, un caprice peut-être passager ? Était-ce le voyageur étranger qui avait obtenu sa grâce ? C'était quoi ? Voilà ce que semblait demander cette face. Mais pas longtemps. Quoi que ce fût, l'homme voulait être libre pour de bon, si on l'y autorisait, et il se mit à se secouer autant que le permettait la herse.

– Tu m'arraches les sangles ! cria l'officier. Tiens-toi tranquille, on va les détacher.

Et, faisant signe au soldat, il se mit avec lui au travail. Le condamné riait silencieusement pour lui seul, sans dire mot, tournant sa face tantôt vers l'officier sur sa gauche, tantôt vers le soldat sur sa droite, sans oublier non plus le voyageur.

– Tire-le de là, ordonna l'officier au soldat.

Il y fallait quelque précaution, à cause de la herse. Le condamné, du fait de son impatience, avait déjà sur le dos quelques petites écorchures.

Dès lors, l'officier ne se soucia plus guère de lui. Il alla vers le voyageur, exhiba de nouveau le petit portefeuille de cuir, en feuilleta le contenu, trouva enfin la feuille qu'il cherchait, et la tendit au voyageur :

– Lisez, lui dit-il.

– Je ne peux pas, dit le voyageur, je vous l'ai déjà dit, je ne peux pas lire ces feuilles.

– Mais regardez donc la feuille de plus près, dit l'officier en s'approchant pour lire avec le voyageur.

Comme cela ne servait à rien non plus, il suivit de très haut, avec le petit doigt, les dessins du papier, comme s'il fallait à tout prix éviter d'y toucher, mais pour tout de même en faciliter la lecture au voyageur. Lequel se donnait d'ailleurs de la peine, pour faire à l'officier ce plaisir-là au moins, mais il n'y avait rien à faire. Alors l'officier se mit à épeler l'inscription, puis il la relut tout d'un trait :

– « Sois juste », voilà ce qu'elle dit. À présent, tout de même, vous la lisez.

Le voyageur se pencha tellement près du papier que l'officier l'écarta, de peur que l'autre le touche ; or, le voyageur ne dit rien de plus, mais il était évident qu'il n'avait toujours rien pu lire.

– Sois juste, voilà ce qui est écrit, dit encore l'officier.

– C'est bien possible, dit le voyageur, je veux bien croire que c'est écrit là.

– Enfin, bon ! dit l'officier au moins partiellement satisfait.

Et, la feuille à la main, il gravit l'échelle ; avec d'infinies précautions, il disposa la feuille à plat dans la traceuse et se mit à modifier, apparemment du tout au tout, le réglage du mécanisme ; c'était un très gros travail, et il devait s'agir de tout petits rouages, parfois la tête de l'officier disparaissait entièrement dans la traceuse, tant il devait examiner de près le mécanisme.

Le voyageur, d'en bas, suivait ce travail sans désemparer, il commençait à avoir le cou raide et les yeux qui lui faisaient mal, tant le ciel était inondé de soleil. Le soldat et le condamné étaient exclusivement occupés l'un de l'autre. La chemise et le pantalon du condamné, qui avaient déjà atterri dans la fosse, y étaient repêchés par le soldat, à la pointe de sa baïonnette. La chemise était affreusement sale, et le condamné la lava dans le seau d'eau. Lorsque ensuite il enfila chemise et pantalon, le soldat et lui ne se tinrent plus de rire, car enfin ces vêtements étaient par-derrière fendus en deux. Peut-être que le condamné se sentait obligé d'amuser le soldat, car il virevoltait devant lui dans ses hardes, tandis que l'autre, agenouillé par terre, se tapait sur les cuisses en riant. Ils se ressaisirent tout de même enfin par égard pour la présence de ces messieurs.

Quand l'officier, là-haut, eut enfin fini, il parcourut encore d'un regard souriant toutes les parties de l'ensemble, referma cette fois le couvercle de la traceuse qui était jusque-là resté levé, redescendit, regarda au fond de la fosse et puis en direction du condamné, nota avec satisfaction que ce dernier avait récupéré ses vêtements, se dirigea ensuite vers le seau pour se laver les mains, en constata trop tard la repoussante saleté, s'attrista de ne pouvoir donc s'y laver les mains, les plongea finalement – sans que cette solution de remplacement lui convînt, mais il fallait faire contre mauvaise fortune bon cœur – dans le sable, puis se redressa et se mit à déboutonner sa vareuse d'uniforme. Ce faisant, il reçut d'abord dans les mains les deux mouchoirs de dame qui étaient coincés dans son col.

– Tiens tes mouchoirs ! dit-il en les lançant au condamné, et il ajouta en guise d'explication à l'adresse du voyageur : Cadeau des dames !

En dépit de la hâte manifeste qu'il mettait à déboutonner sa vareuse, puis à se déshabiller entièrement, il maniait néanmoins chaque vêtement avec le plus grand soin, et même il lissa du doigt, tout spécialement, les cordelières d'argent de sa vareuse, tapotant même un gland pour qu'il tombât d'aplomb. Ce qui à vrai dire n'allait guère avec tant de méticulosité, c'est qu'à peine en avait-il fini avait une pièce de vêtement qu'il la jetait d'un geste hargneux dans la fosse. Pour finir, il ne lui resta plus que sa courte épée avec sa bretelle. Il tira l'épée du fourreau, la brisa en deux, puis en saisit tout à la fois les morceaux, le fourreau et la bretelle, et les jeta si violemment qu'ils allèrent tinter les uns contre les autres au fond de la fosse.

Il était maintenant nu. Le voyageur se mordit les lèvres et ne dit rien. Il savait bien ce qui allait arriver, mais il n'avait aucun droit d'empêcher l'officier de faire quoi que ce fût. Si effectivement cette procédure judiciaire à laquelle l'officier était attaché était si près d'être abolie – éventuellement à la suite d'une intervention à laquelle le voyageur se sentait pour sa part tenu – , alors l'officier se comportait à présent de façon tout à fait judicieuse ; le voyageur, à sa place, n'aurait pas agi autrement.

Le soldat et le condamné ne comprirent tout d'abord rien, au début ils ne regardèrent même pas. Le condamné était très content d'avoir récupéré les mouchoirs, mais il n'eut pas loisir de s'en réjouir longtemps, car le soldat les lui chipa d'un geste vif et imprévisible. Alors, le condamné tenta de les lui reprendre, coincés qu'ils étaient sous le ceinturon du soldat, mais celui-ci était vigilant. Ils se disputaient ainsi, à moitié pour rire. Ce n'est que quand l'officier fut entièrement nu qu'ils devinrent attentifs. Le condamné, en particulier, parut être frappé par le pressentiment de quelque grand revirement. Ce qui lui était arrivé à lui arrivait maintenant à l'officier. Peut-être que les choses allaient être poussées jusqu'à leur terme extrême. C'était vraisemblablement le voyageur étranger qui en avait donné l'ordre. C'était donc la vengeance. Sans avoir lui-même souffert jusqu'au bout, voilà qu'on le vengeait tout de même jusqu'au bout. Un grand rire silencieux se peignit alors sur sa face et n'en disparut plus.

L'officier, lui, s'était tourné vers la machine. S'il était déjà clair auparavant qu'il la comprenait bien, la façon dont maintenant il la maniait et dont elle lui obéissait avait quasiment de quoi vous sidérer. Il n'avait fait qu'approcher sa main de la herse, et elle monta et descendit plusieurs fois jusqu'à atteindre la bonne position pour l'accueillir ; il ne saisit le lit que par son rebord, et déjà il se mettait à vibrer ; le tampon vint au-devant de la bouche de l'officier, on vit que celui-ci n'en voulait pas vraiment, mais son hésitation ne dura qu'un instant, il se soumit bien vite et prit le tampon dans sa bouche. Tout était paré, seules les sangles pendaient encore par côté, mais elles étaient manifestement inutiles, l'officier n'avait pas besoin d'être attaché. C'est alors que le condamné remarqua ces sangles lâches, à son avis l'exécution n'était pas parfaite si elles n'étaient pas bouclées, il adressa au soldat un signe pressant, et ils coururent tous deux ligoter l'officier. Celui-ci avait déjà tendu un pied pour donner une poussée à la manivelle qui mettrait en marche la traceuse ; il vit alors que les deux autres s'étaient approchés ; il ramena donc son pied et se laissa attacher. Seulement, maintenant, il ne pouvait plus atteindre la manivelle ; ni le soldat ni le condamné ne la trouveraient, et le voyageur était résolu à ne pas bouger. Ce ne fut pas nécessaire ; à peine les sangles étaient-elles en place que déjà la machine se mettait au travail ; le lit vibrait, les aiguilles dansaient sur la peau, la herse volait, tour à tour montant et descendant. Le voyageur regardait fixement depuis un moment déjà quand il se rappela qu'un rouage de la traceuse aurait dû grincer ; mais tout était silencieux, on n'entendait pas le moindre ronronnement.

Par ce travail silencieux, la machine se dérobait littéralement à l'attention. Le voyageur regarda du côté du soldat et du condamné. C'était le condamné qui était le plus vif, tout l'intéressait dans cette machine, tantôt il se baissait, tantôt il s'étirait, sans cesse il avait l'index tendu pour montrer quelque chose au soldat. Le voyageur en était gêné. Il était résolu à rester là jusqu'au bout, mais il n'aurait pu supporter longtemps la vue des deux autres.

– Rentrez chez vous, dit-il.

Peut-être que le soldat y aurait été disposé, mais le condamné ressentit cet ordre comme une véritable punition. Il supplia en se lamentant, les mains jointes, qu'on le laissât rester, et comme le voyageur secouait la tête et refusait de céder, il se jeta même à genoux. Le voyageur vit que les ordres n'avançaient à rien, et il s'apprêtait à s'approcher des deux hommes pour les chasser. Il entendit alors un bruit, en haut, dans la traceuse. Il leva les yeux. Est-ce que cette roue dentée faisait tout de même des siennes ? Mais il s'agissait d'autre chose. C'était le couvercle de la traceuse qui se soulevait lentement, puis qui s'ouvrit tout grand. Les crans d'une roue dentée se montrèrent et se soulevèrent, bientôt apparut le rouage tout entier, c'était comme si quelque force puissante comprimait la traceuse de telle sorte qu'il n'y avait plus place pour ce rouage, lequel roula jusqu'au bord de la traceuse, tomba, fit un bref trajet sur le sable en se maintenant à peu près droit, puis tomba à plat. Mais déjà, là-haut, il en surgissait un autre, beaucoup suivaient, des grands, des petits et des minuscules, tous connaissaient le même sort, on croyait toujours que cette fois la traceuse était sûrement déjà vidée, alors apparaissait un nouveau groupe, particulièrement nombreux, qui surgissait, tombait, filait sur le sable et tombait à plat. Ce phénomène fit complètement oublier au condamné l'ordre du voyageur, ces roues dentées le ravissaient entièrement, il voulait sans cesse en attraper une, il incitait en même temps le soldat à l'aider, mais il retirait la main avec effroi, car il arrivait aussitôt une autre roue qui l'effrayait, du moins au premier instant de sa course.

Le voyageur, en revanche, était très inquiet ; la machine était manifestement en train de se désagréger ; sa marche tranquille était une illusion ; il eut le sentiment de devoir maintenant prendre en charge l'officier, qui ne pouvait plus veiller sur lui-même. Mais pendant que la chute des roues dentées avait retenu toute son attention, il avait négligé de surveiller le reste de la machine ; or, quand la dernière roue dentée eut quitté la traceuse et qu'il se pencha sur la herse, il eut alors une nouvelle surprise, encore plus fâcheuse. La herse n'écrivait pas, elle ne faisait que piquer, et le lit ne faisait pas rouler le corps, il le soulevait seulement en vibrant et en l'enfonçant dans les aiguilles. Le voyageur voulut intervenir, stopper tout éventuellement, car enfin ce n'était pas le supplice qu'avait recherché l'officier, c'était du meurtre immédiat. Il tendit les mains. Mais voici déjà que la herse se levait par côté, avec le corps embroché, comme d'habitude elle ne le faisait qu'au bout de douze heures. Le sang coulait en cent ruisseaux, non mêlé d'eau, les petits tuyaux à eau étaient cette fois tombés en panne aussi. Et puis, ultime panne : le corps ne se détachait pas des longues aiguilles, il perdait à flot tout son sang, mais restait suspendu au-dessus de la fosse sans tomber. La herse s'apprêtait déjà à reprendre son ancienne position, mais, comme si elle avait noté qu'elle n'était pas encore débarrassée de sa charge, elle demeura tout de même au-dessus de la fosse.

— Aidez-moi donc ! cria le voyageur en direction du soldat et du condamné, en empoignant lui-même les pieds de l'officier.

Il voulait faire pression sur les pieds, tandis qu'à l'autre bout les deux hommes saisiraient la tête de l'officier, de sorte qu'on le détacherait lentement des aiguilles. Mais voilà que ces deux-là ne pouvaient se résoudre à venir ; le condamné se détournait carrément ; il fallut que le voyageur aille jusqu'à eux et les pousse de force vers la tête de l'officier. Ce faisant, il vit presque malgré lui le visage du cadavre. Il était tel que du vivant de l'officier ; on ne découvrait pas signe de la grâce promise ; ce que tous les autres avaient trouvé dans la machine, l'officier ne l'y trouvait pas ; les lèvres étaient étroitement serrées, les yeux étaient ouverts, avaient l'expression de la vie, le regard était calme et convaincu, le front était traversé par la pointe du grand aiguillon de fer.

Lorsque le voyageur, avec le soldat et le condamné derrière lui, parvint aux premières maisons de la colonie, le soldat montra l'une d'elles et dit :

— C'est là, la maison de thé.

Au rez-de-chaussée d'une maison se trouvait un local profond, bas, caverneux, dont parois et plafond étaient noirs de fumée. Côté rue, il était ouvert sur toute sa largeur. Bien que cette maison de thé se distinguât peu des autres maisons de la colonie, toutes très délabrées à l'exception des palais que semblaient être les bâtiments du commandement, elle faisait tout de même sur le voyageur l'impression d'un vestige historique, et il ressentit la puissance des temps anciens. Il s'en approcha et, suivi de ses compagnons, passa entre les tables vides disposées dans la rue devant la maison de thé, et huma l'air froid et renfermé qu'exhalait l'intérieur.

– Le vieux est enterré là, dit le soldat, le prêtre lui a refusé une place au cimetière. On a hésité quelque temps sur l'endroit où il fallait l'enterrer, finalement on l'a mis ici. Ça, l'officier ne vous en a sûrement pas parlé, car c'est naturellement de ça qu'il avait le plus honte. Il a même tenté plusieurs fois, de nuit, de déterrer le vieux, mais il s'est toujours fait chasser.

– Où est la tombe ? dit le voyageur, qui ne pouvait croire le soldat.

Aussitôt ils se précipitèrent tous deux en avant, le soldat comme le condamné, et tendirent les mains pour indiquer où devait se trouver la tombe. Ils emmenèrent le voyageur jusqu'au mur du fond, près duquel des clients étaient assis à quelques tables. C'étaient vraisemblablement des gens qui travaillaient sur le port, des hommes robustes aux barbes noires brillantes et taillées court. Tous étaient sans veste, leurs chemises étaient déchirées, c'étaient des pauvres et des humiliés. À l'approche du voyageur, certains se levèrent, se pressèrent contre le mur et le regardèrent venir.

– C'est un étranger, chuchotait-on alentour, il veut voir la tombe.

Ils écartèrent l'une des tables, sous laquelle se trouvait effectivement une pierre tombale. C'était une dalle sobre, suffisamment plate pour pouvoir être dissimulée sous une table. Elle portait une inscription en très petits caractères, le voyageur dut s'agenouiller pour la lire. Elle disait : « Ci-gît l'ancien commandant. Ses fidèles, qui n'ont plus le droit désormais de porter de nom, lui ont creusé cette tombe et consacré cette dalle. Il existe une prophétie selon laquelle, après un certain nombre d'années, le commandant ressuscitera et, depuis cette maison, conduira ses fidèles à la reconquête de la colonie. Ayez foi et espoir ! »

Lorsque le voyageur eut achevé cette lecture et se redressa, il vit les hommes debout tout autour de lui qui souriaient, comme s'ils avaient lu l'inscription avec lui, l'avaient trouvée ridicule et l'invitaient à se rallier à leur opinion. Le voyageur fit semblant de ne pas s'en apercevoir, distribua quelques pièces de monnaie, attendit encore qu'on eût replacé la table au-dessus de la tombe, sortit de la maison de thé et se rendit au port.

Le soldat et le condamné avaient trouvé à la maison de thé des gens de connaissance qui les avaient retenus. Mais ils avaient dû s'en débarrasser bientôt, car le voyageur se trouvait seulement à mi-pente du long escalier descendant aux bateaux qu'ils étaient déjà à ses trousses. Ils voulaient vraisemblablement forcer le voyageur, au dernier moment, à les emmener. Tandis que celui-ci, en bas, négociait avec un marin son passage jusqu'au vapeur, ils dévalèrent tous deux l'escalier, en silence, car ils n'osaient pas crier. Mais quand ils arrivèrent en bas, le voyageur était déjà dans le bateau et le marin levait l'amarre. Ils auraient encore pu sauter dans le bateau, mais le voyageur ramassa un lourd cordage à nœuds qu'il brandit en les en menaçant, les empêchant ainsi de sauter.